발명과 발병

발명과 발병

발행일	2017년 12월 15일		
지은이	김 영 환		
펴낸이	손 형 국		
펴낸곳	(주)북랩		
편집인	선일영	편집	이종무, 권혁신, 오경진, 최예은, 오세은
디자인	이현수, 김민하, 한수희, 김윤주	제작	박기성, 황동현, 구성우
마케팅	김회란, 박진관, 김한결		
출판등록	2004. 12. 1(제2012-000051호)		
주소	서울시 금천구 가산디지털 1로 168, 우림라이온스밸리 B동 B113, 114호		
홈페이지	www.book.co.kr		
전화번호	(02)2026-5777	팩스	(02)2026-5747

ISBN   979-11-5987-901-2 03810 (종이책)   979-11-5987-902-9 05810 (전자책)

(주)북랩 성공출판의 파트너

북랩 홈페이지와 패밀리 사이트에서 다양한 출판 솔루션을 만나 보세요!

홈페이지 book.co.kr • **블로그** blog.naver.com/essaybook • **원고모집** book@book.co.kr

발명과 발병

김영환 시집

북랩 book Lab

서문

특허법에서 '발명은 자연법칙을 이용한 고도의 기술적 사상의 창작'으로 정의하고 있다. 살짝 뒤집어 보자면, 자연은 발명에게 기술적으로 이용당한 피해 당사자일 수 있다.

실제의 피해 사례는 해운대 백사장 모래알 수에 뒤지지 않을 것이다. 꼽아 보자. 산하의 대간과 정맥은 드륵 대는 원형 터널굴착기로 숱한 관통상을 당했고, 하늘은 온갖 발명들로 뒤엉킨 철갑벌거지들이 싸질러 대는 매캐한 연기로 폐질환이 중증이며, 강물은 조성물 발명의 만형격인 시멘트 벽으로 물길이 꽁꽁 묶여 순환기계 질환에 시달리고 있지 않은가.

고로 자연은 병 중이고,
그 발병은 발명에 있지 않을까.

업계에 첫발을 들였을 당시, 손글씨로 써준 초안을 타이피스트들이 먹지를 겹쳐대고 타이핑해서 서류를 완성하였다. 그 당시 한글조합형 인자방식 특허로 가전 양 사가 대판 붙어 덕수궁 옆 대법원까지 갔었을 때만 해도 전자식 타자기는 대단한 발명품이었다. 물론 타이피스트와 타자기는 사라진 지 오래다. 워드와 컴퓨터에 떠밀려서.

비데 딸린 수세식 변기에 앉아 스마트폰을 보면서 볼일을 볼 땐 이들에게 경의를 표하다가도 추스르고 나와 각 방에 틀어박혀 스마트폰만을 끌어안고 있을 뿐인 동거인들의 닫힌 방문을 볼라치면 내팽개치고 싶기도 하다.

이처럼 신생 발명품들에 밀려난 물품이나 직업군을 비롯한 생활양식들의 수는 늦가을 바닥을 나뒹구는 낙엽에 버금가지 않을까. 물론, 변리사인 내가 대놓고 할 얘기만은 아닐 것이다. 여튼 발명으로 인해 흠진 자연과 발명으로 발병한 환우들에 대한 혼란스러운 생각 중에 손끝으로 흘러내린 방울방울을 이곳에 담아 보았다.

차례

기러기 생태보고서

서울특별시 노량진으로
들어 바람 탄 비린내 찬 삼아
삼각김밥과 사발면을 뜯어대는
조삼모사와 축소지향의 젊은 기러기

세종특별 자취시라는
안이 빈 외딴 섬에서
안빈낙도의 공갈빵을 씹는
공시족 성공신화 기러기

밀집 서식지의 너른 실내를
무상 임대에 활동비 지원까지
해 주고 밀려난 가장자리 가장
떼기러기 속 외기러기떼

작화

톡톡
손가락 두드려
그림을 그립니다

애잔한 잔물결로
풋가슴 적시던
모래 위 얼굴 있었어라

밀려왔다
떠내려간 어언 삼십 년

마을도 상처도 미움도
도시도 시절의 낯가림도
엄지 필 세워 그립니다

그렸다간
길게 눌러 지웁니다

못다 지운,

세상 풍경에 감정을

덧칠한 글 그림 한 장

창공 파도에 실어 보냅니다

돌쇠

어둠 속에서
천년에 천년을 품어
시뻘건 핏물로 쏟아
내 너를 세상에 보냈다

쇠망치와 정으로 되돌아와
무정으로 이마를 내리찍고
온몸을 후벼파고 살점까지
도려내니 내 새끼가 맞더냐

아닐 게야,
네 탓이 아니야
근본이 돌아이 아니었던가
그래 네 맘대로 깨고 부셔라
네 설움과 한도 같이 말이다

너 떠난

산중 이 자리

올라온 이 모두

합장하고 절을 올리네

허심

제 살갗 뚫고 나온
풀나무 가리지 않는
산같이

몸속을 파고든
물고기 내버려둔
바다같이

느닷없이 날아든
작은 새의 날갯짓을
지긋이 바라보는
허공과 같이

툇마루

곧추선 굵은 기둥 곁에
옷 벗기어 뉘였을 때
속살은 무던히도 하얬지

마당 위
지붕 아래
안도 밖도 낯선 자리

저 건너 떠나 온
산등성이 솔숲은
푸른 빛 여전하네

먼발치
먼지 분칠한 무쇠솥이
눈길을 건네네

별거 없더라

등잔불 아래 바늘귀 꿰듯
연이은 헛꿰임 끝에
어둑해진 눈과 귀로
다녀온 큰물 밖 여행.

사방으로 갈래진 가지처럼
나아간 곳 다를지라도
매달린 꽃이랑 잎새는
매양 하나더라.

물 건너 그 뭍에
호흡하는 것들도
한통속 물이더라.

배웅하던 구름
어느새 뒤따라와
패키지로 함께하더라.

맨스월경

세운 검지로 공구네 가족을
압사 지경으로 연신 눌러 댔다

연초부터 다이어트 중인
달동네 통장 집 잔액이
슬림의 여유로 애를 태운다

성의 없이 가지런한 블라인드
건너편에서 물빛 액정패널과
눈싸움 중인 예닐곱이
눈 속으로 파고든다

아랫배를 움켜잡는다
달의 경계를 넘을 때마다
그는 하혈을 한다

부탁 있습니다

새벽도 좋고
해 질 녘도 좋습니다

마당 안도 좋고
대문 밖도 좋습니다

하늘은 맑고
바람은 선선합니다

따스한 햇빛 아래서
여문 사방을 둘러봅니다

붉은 감나무 비집고
내려앉은 얼룩 햇살이
그림자 벗하여 놀고 있습니다

저의 게으름 나눠 드릴게요
더 머물러 주시면 안 될까요

이 가을이
너무 좋습니다

활어

살아있는
제 물 떠나온 바닥 잎새
뭍에 올려진
곧 죽임을 당할 새벽이슬
죽이기 위해 살려 둔
산 채로 죽어야 하는
뜬눈으로 지새우는 푸른 서슬
수족관 중환자실에서
산소 호흡하는 물고기
큼지막한 육면체
물빛 유리벽 빌딩들

나무처럼 몰했으면

몸져눕지 않고
선 자리 그 자리서
알아채는 이 누구 없이

잎가지 훑어 내려
바람 쉬이 가라 하고
찬 햇빛 마른 바닥에 뉘이네

더디게 삭아 내려
설워할 이웃 없이
생사 없는 한참의 이웃

끝끝내
발밑으로 스며스며
제 몸 부조로 이별하는구나

벌초

혈압이 높던 할아버지는
반주 곁들인 아침을 자시곤
아스피린 한 알을 삼키셨다.
그날도 복용 후 두 식경쯤 지나
피하려던 곳을 돌아서 가셨다.

할머니는 큰 통에서 生 사탕을
하루 한 알씩 꺼내 드셨다.
한 날 몰래 꺼내 먹어보니
거의가 쓴맛이었다.

바닥이 드러나고
투명으로 채워지던 날
가막소 옷으로 갈아입고 친친 묶여
널판 독방으로 거처를 옮기셨다.

할머니 가신 지
오래지 않아 할머니
외아들도 그곳으로 가셨다.

아니 다들
이곳으로 몰려오셨다.

첫 휴가 나와 따라나선
아들 놈 머리통이랑
깎아 놓은 묏등이 한통속이다.

조수

뭍 안 섬

지샌 어둠의 자리론
몸통을 향하는
문어발로 스며든다

뒤집힌 솥뚜껑 속에서
달궈져 지지고 볶고
속을 까맣게 태우네

다시 어둠이 내리면
파편의 비산이 되어

하늘을 날고
뒷골목으로 들고
굉음을 울리기도 하다가

그제서야

섬을 빠져

뭍으로 되돌아가는구나

산중 신작로

굴 뚫고
다리 얹는
기술이 새삼스럽다

산 따라
물길 따라
그럴 일 없이
직진으로 질주한다

첩첩한 산중
팽팽한 실낱에 얹혀
아래 아득한 계곡을 날고
탄환으로 산허릴 뚫고 지난다

하늘도 산도 높기만 한
평날 시월의 불콰한 치악

까약!

중앙을 고속으로 파고든다

바람이라오

새벽 산길
구절초 흰 아름으로 살랑
고개 숙여 인사를 하지요

자랑으로
사랑으로
품고 있던 거운 잎새들
내려 몸 가볍게 하지요

잔해의
빈 배추밭 위로
한 갈래 검정 비니루
어지러이 허공을 날고

찬 물결이 일고
물가 낭창한 갈대
휘청이고 휘청거리고

천성

치들기만 하던
목고갤 다 숙이네

그 자슥
인자 철드나 보네

철이
얼굴 거죽으로
몰려 들었네그랴

운명

가고 가도
오르막길이네

난 이제사 알 듯

아부지 할아버지
뒷산 양지 뗏장 아래
앞뒤로 누워계신 까닭을

숨차서 차올라서
더는 싫으셨을 거야

멈추자
운명하신 게지

날 받은 날에

夫婦란
一身同體이거늘
네 반쪽은 놓아 두고 가렴

팔도 다리도
오장과 육부도
두피 속 내용물도
절반만 가지고 가렴

너의 왼발과 그의 오른발이
그의 한 팔과 너의 건너편 팔이
그리고 너희들 반쪽의 심장이

온전한 非可逆의 合一로
곧은 길로 나아가길

한 판

링을 오른 건
내 뜻이 아니었다

울음 끝에 둘러보니
여럿이서 초롱한 눈길로
날 응원하고 있었다

엉겁결에 휘둘렀다
허비적거릴 뿐인데도
그들은 열광했다

짓이 난 헛손질의 환호성은
점차 잦아들었고 카운터는
빈도와 강도를 불려 내게로 왔다

지치고 힘들어
흰 타올이 날아들길 고대했다
코너의 그들은 사라진 지 오래였다

매 끝에 맷집이 붙긴 하였으나
매는 갈수록 매워져만 갔다
이젠 맷집이 원수다
한 방에 눕고 싶다

명산

높음으로
낮음을 일깨우네

침묵으로
경솔을 뉘우치게 하네

다가가지 않고
다가서게 하고

움직이지 않고
움직이게 한다

제 자리서
만인 구경을 한다

돌바닥 길

담벼락 사이
덜 매끈한 다각의
돌바닥 길을 디디며
천년 너머의 길을 걷는다

산중 바위 내려서
반듯하게 눕혀 놓은
그들과 함께 걷는다

고집불통 바윗돌
결길 따라 가르고
땀방울로 쪼아대던 그들

난 오늘
그들을 걷는다

노인의 바다

마지막일지도 몰라

볕 속
사나흘 지샌
무우채마냥

한참 만에야
달궈진 무쇠솥
넘은 겉보리 같은

그런 자그미한 노인

기대 등등한 꾼들
틈서 조용하니
홀로
바다를 가른다

하늘 맞닿은
머언 응시 속에
질주의 발동선 숨을 죽인다

라이벌

한숨도 탄식도 숨을 거두자
입가 골주름 깊게 파는
미소가 스치운다

잘 가거라
망할 노무 할망구야
아니지, 亡해버린

슈퍼 모퉁이 새벽도
골목시장 전봇대 고샅도
이젠 내 차지 모두 내 charge

택시도 행선지가 있다

월요일 출근길

버스 막아선 단지 앞 건널목
촘촘한 가로 백선 위를
흰 원피스 바람을 일며 건넌다

없는 소매 끝에 매달린
가느다란 팔이 낭창거리자
쏜 살 과녁에 박히듯
유백색 상투잡이
급히 멎는다

난 보았네만
아마 그녀는 못 보았을걸,
반대편 옆구리에 길게 두른
문자문신 'OO장례식장'

그녀는 그렇게 서둘러

모바일 장례식장에

탑승했다 사라져 갔다

조약돌

흰 물새
날아간 자리

아니네!

얼마나 치받혔으면

산 아래 사당

어지간히 올랐나 보다
봉우리가 만년설로 희다

그린벨트 해제되었던가
안면이 경계를 상실했구나

함께 했던 추억의 잔불을
되살리려 입김을 한데 모으네

어허, 고놈
조동아리는 여전하구먼

휴식

긴 소파 가장자리
무릎 안고 깊숙하니 등 기댄 채
베란다 창 넘어 머언
유월 짙은 산에 머문다

홀로 남겨진 휴일 오후
안도 밖도 적막 절간이다
오롯한 나만의 자리

가솔들 사라진 틈에
차지한 家長자리

사이

40℃ 온탕
16℃ 냉탕
불가마 속 얼음방

실검 일위
쇼윈도 연예인 커플

CCTV 돌발영상

강남구 개포동 구룡마을

가뭄 끝 집중호우

욕탕 거울을 바라본다
저 가운데서 비롯되었거늘

공간

멀지 않은 소읍에서 버티셨던
어머니를 그곳 요양원에 딸린
장례식장에서 보내드렸다

머언 천 리 밤길을 달려
단 앞서 엎푸라진 고향 친구며
수학여행을 함께했던 동문들과
반자의 사회 지인들
모두 고마웠다

삼우제를 마치고
엘리베이터를 내리며
앞 파트 안주인과 교행하였다
예의 마른 눈빛인사만이 스쳐 지났다

한 층의 반을 공유하는
한 지붕 이웃
아웃사이더

제대하던 해
아버지가 돌아가셨다
삼 일 동안 동네는 임시공휴일이었다
초상집이 동네 누구에게는 잔칫날이었다

초행

비 지난 새벽산을 오르네

풀고랑 길 접어들어
살포시 부풀어 오른
떡갈나무 숲길을 지난다

바닥들
서로를 살포시 감싼다

문득
뒤돌아본다
깊게 새겨진 자국,
처음은 이토록 선명하구나

리부 머리
밤송이로 성게로
성난 듯 솟아오르던 때

훗날, 먼 훗날 한 해
이날, 여기 이 자리서 보자며
시뻘건 심장을 밟고 떠난 이의
희미한 선명한 자국이여

오월의 아침

굴곡이 제법한 기상 캐스터가
오늘 덥단다.
아침상을 막 물린 아내가

'오늘 반팔 와이셔츠 입지?'

한다.

'아니, 계절을 마중 나가 맞이할 것은 없다네'

하며 팔을 축 늘어뜨린 셔츠를 회돌려 걸친다.

그놈이 어떤 놈인데!
수억천만 명을 저 세상으로 보내고도
여즉 활개를 치고 나댕기는 명 길고
한결같은 놈이지.

후진기어 없는 정속 주행 모드
아니, 갈수록 빨라지는 줌속모드지

과속엔 별 도리가 없을 수밖에
받히면 그 순간이 영원 행인 거지.

이거이 노인들 죽는 이유라네

이 모질고 독한
계절이와 세월이를
굳이 마중하랴.
.

.

.

.

.

.

그러나 어찌하랴.
훗날 천상의 상제께서

'내 네게 틈틈이 보내준 선물은 잘 받아 보았느냐?'

대놓고 면전에서 물으시면,

'그러하였소'

라고 답하기 위해 모래 오월 스무하룻날

계절이 마중하러
세월이 맞이하러
소백산 산머리에 붉게 핀
철쭉 마루에 오르려 하네

내려와 산 아래 상 위에
산나물 겉절이가 있으면 더욱 좋구.

終點은 始發

終點은 始發
나선 길엔 초들물로 밀고 나아가지
오는 길엔 휴식의 뻘밭으로 차오르지

終點은 始發
저마다 손짓하는 텅 빈 풍요
안타까운 시선들을 곁눈질하는 안석

終點은 始發
빈틈없는 퇴근길,
오늘도 어김없는 적중의
때 이른 착석

길

살얼음판 지나
외줄 위로
계곡을 건넌다.

사막 불덩이 이고
접어든 숲,
길을 내며 나아간다.

헤쳐 다다른 민둥지

때리다 멍든 파도가
내리 뵈는
급전직하 절벽이다.

그때가 좋았다

집 나가면 고생이라더니
그때가 젤루 좋았다
나선 지 얼추 한 갑자

방 안은 삼칠도로
끓었지만 아늑했다
입 벌려 먹지 않아도
허기지지 않았다
먹어도 마렵지 않았다

비좁아 웅크렸어도
나름 유영하기도 했다
가끔은 발길질도 해댔지

집 안에 혼자였어도
외롭지 않았다

당황과 황당

낼모레가 어버이날이네
아버지 가신 지
어언 몇 해인가

우와기 앞섶에 옷삔으로
색종이 카네이션 매달고선
뭔 무공훈장인 양 으스대며
뒷짐 지고 문밖을 나시던 때

그때 아버지 나이가
내보다 서너 살이 어리네

동원 행사

벗나무 가로숫길을 지난다
감출수록 드러나는 앞가슴
터질 듯 부풀었네, 부풀어 터졌네

길 따라 늘어서서 손을 흔드네
부푼 가슴 하얗게 드러내고 흔드네
지나는 차 찬바람에 흔들리며 흔드네

배알도 없이
해마다 이맘때면
드러내 놓고 흔드네

애원

난
그대의
휴대폰이고 싶소

빈집

행여 맨발로 가신 건 아닐까
마음 두고 떠나신 건 아닐까
댓돌 위 하얀 고무신 한 켤레
기다리네

보자기

헤져 너풀대는
지는,
요즘도 하루에 몇 번씩
찰진 주먹 뉘어놓는 보자기라우

말인즉슨, 풍상이
맷집을 데불고 댕기드만

철수 영이 소꿉질하는 국어책이랑
영구네 집안 이합집산하는 산수책
둘둘 말아넣고 허리춤에 매달려선
뚝방길 냅다 내달릴 때 그때가
젤로 좋았쓰라

근데, 말 마슈
여즉 보듬은 땀방울이 닷 말 너 되에
눈물방울은 팔 홉 오 작은 너끈할 거구먼

철컹철컹 밤새 달려

내려선 동짓달 새벽 역
껴입은 저고리 앞섶에 꼬옥
안겼어도 서럽게 추웠쓰라우

물 먹여 곱게 빗어내린
두 가닥 짚끈으로 채곡히 단을 싼
쪽파랑 열무랑 정구지한데 감싸
오뉴월 따뱅이 짱배기에 올라타서
시오리 읍내장 갈 때
죽는 줄 알았지라
멀미로 땡볕으로
아님 떨어져 말일씨더

화창한데
울컥 적적해서
보따리 함 풀어봤소

밥

뿌연 새벽
플랫폼을 서성인다

흑색 선전판이
빨갛게 껌뻑인다
직전 역에 도착하였단다

저 철밥통은
어느 직전 역 다음에
나를 싸지르고 또 다른
직전 역으로 내빼겠지

봄나물

문득,
미안타

갓난아기
손바닥 같은

나와 나무

나는 벗고
나무는 입는다

가지가지 끝끝마다
연초록 속옷
빼꼼히 내비치네

갑갑하다

일월

저 달빛

달빛인가
햇빛인가

무엇이 저무는가

겨울 햇살

노천역 플랫폼에
저 먼저 도착한
아침 햇살이 반갑다

멀리 눈봉우리 지나고
계곡 칼바람길 지났음에도
간직된 온기로 따스하다

한여름 바람 같은
겨울 햇살이여

아기 엉치 같던
그리운 이의 볼에도 비치려나

먼 산

구름인가 눈이런가
구름이고 눈이어라
눈 구름산 햇살 비추니
오르고 머문 자취
경계로다
설산이 창공을 찌르네

창밖엔

봄이
기운을 차리는
기운이 감돈다

한파주의보

구름 벗은 하늘도
속살 감춘 강물도
건널목 보행신호도
시퍼렇게 얼어붙었다

1호선

쓰린 속 달래려 마주한
콩나물 해장국 뚝배기
숟가락 선뜻 꽂지 못하고
멀거니 바라보다
건너 벽 거울 속
나를 더듬는다

대갈통만 냅다 불어
커진 건 아닌지
몸뚱인 말라
비틀어진 건 아닌지

너나 내나
한통속에서
뽑혀 나왔길래

해돋이

정유년 초하루
어둠 속 산을 오른다
오직 먼 데 동쪽을 바란다

드러나는 세상의 가장자리
그 위로 길게 내린
어김없는 구름

새날이 밝았나니

구름 벗하여
탓하던 구름 벗하여

동안거

에는 동짓달 새벽
덜 씻긴 새벽길을 나선다
걸어 온종일 길을
문명의 발을 빌려
밥 빌러 간다

한 해 이즈음이면
아버지, 그 아버지는
빈 들판 지나 주막거리
뽀얀 뒷방에서 지샜다

주마간판

구몬학습 재능피씨방
페리카나양념치킨 두산위브
그여자네집 이대조뼈다귀
한국노총중부지부 막퍼주는집
나이야가라크럽 도운선사사주팔자
해바라기파출 하이웨이안마 인력
은혜와진리의교회 수통중의학과
독일지멘스보청기 꿈누리요양원
메트로장례식장

벨을 누른다

人長壽業短命

쳇, '삼대명가'라니
내 익히 알거늘
채 십 년이 안 되었다는 걸
시장 입구 대로변 국밥집이
안 뵈던 입간판을 떡허니 세워 놓았네
허기사 형제 간에도 세대 차 있는
세상이니 얼추 삼대가 맞는 건가
저 입간판은 어쩜
장수 자축 기념품일 수도 있겠네
길 건너 간판집서 쓰린 시샘으로
건네준 마지막 매출로 말야

날마다 여행길

반복이 있을까?

시간이나 공간을 달리해서
같은 동작이 행해질 때
이를 반복이라 이를 텐가

어제 같은 오늘이란 없거니,
시간의 배경을 달리하기에
오늘이란 새로운 경험이요
경이의 신천지

오늘도 개벽의 새벽에
눈을 뜨고 가방을 챙겨
하루의 밥벌이 여행길을 나선다

단가표

꼬부라진 거이
영판 맞춤이네
쇠똥구리 할매

밀고 온 고봉 수레
채곡한 종이 떼기는
푸른 종이돈 두 장

요란스레 뒤엉킨
깡통일랑은
학 박힌 동전 하나

이제사 짐 풀고
속곳 채워
탈탈거리며 나서는
고물상 문전에서
증평댁 동상이 찡긋하며
묻는다

육신 고물은

키로당 금이 얼매래유?

선상 초보

시간 반 지나서야
겨우 한 마리 올려놓곤
배를 뒤집어 놓을 듯 난리에 난동이다

생미끼마냥 매끈한
한 뱃속 청춘남녀 서넛이서
번갈아 사진 찍고 연신 감탄사를 내뱉는다

우~와!
내가 낚았다.

첨은 그렇지.
달포 전에 시집간 딸애가
돌 무렵에서야 '파브'인지
'으파'인지 내뱉었을 때
아래층에 누가 사는지 알았지

건물 한 채

버스 손잡이에 매달려
차창 밖을 향한다
무심 속에 지나던
도로공원 나무들

오늘,
의젓하다
당당하다

제 난 자리 버텨서서
지상 삼 층 지하 일 층
반듯하니 지어 놓았으니

인연 혹은 연인

아득한 시간의 축
무변한 공간의 축
이들 시공의 좌표에서
오늘 하루 하늘빛 함께하는
어쩜 우린
저 별에서 바라다뵈는
한 점
그 위의 한 점

불타는 사랑

좀 그만해유
산골 할매는 허구헌 날
나무만 해대는 무뚝뚝한
영감의 미련이 마뜩잖다

곳간이,
툇마루 밑이,
부엌 한 켠이 바삭한
할배 정강이 뼈마디로
빼곡하니 재여있다

마당에 들어선
장작산 마른 솔가지
흰 머리칼 소복하다

오늘
할배 첫 기일
시뻘건 아궁이 앞
할매 눈자위가 벌겋다

행복

사랑사랑사랑사랑사랑사랑사랑
사랑사랑사랑사랑사랑사랑사랑
사랑사랑사랑사람사랑사랑사랑
사랑사랑사랑사랑사랑사랑사랑
사랑사랑사랑사랑사랑사랑사랑

안식

바람 없는 거리

플라타너스가
커다란 잎새들을
내려놓는다

길 건너 바닥엔
수북한 노랑나비 잔해

다 떨궈내고
홀가분한 휴식이다

바람 불어도
눈보라 몰아쳐도
거칠 거 없네
날릴 거 없네

어떤 죽음

길 위에
나자빠져
노제를 지낸다

파낸 흙들로
이어진 긴 봉분

세상의 청결과
온갖 배설의 주식을
품어 날랐지

그 이름 주. 철. 관.
스케일 만만찮은,
시뻘건 혈관 내벽
마른 햇살 아래 더욱 붉다

부디 잘 가시게
다시 불구덩이 속으로

거리에서

좁은 창 촘촘히 박힌
벽 붉은 고시텔엔,
고시생은 없다

상가 5층 노인요양병원
요양의 대상이
궁금하다

유혹

어라!
산이 취했나
볼이 살짝 발갛네

갈아 신고
서둘러 올라
함께 취해 봐야겠네

비와 바람

어! 비 오네
하필 오늘에야

입방정 때문일 게야

왠 바람이!
여즉 잠잠하더니

언제 적 예약인데

산칼라

출근길 정류장 건너
햇살 안고 선, 산
낯설다
초록빛이 어렵네
여름내 그리 지펴대더니
이제사 달아올랐나?
붉으락푸르락
육신의 터럭은 흑백인데
대지의 모발은 반응성 칼라

모래시계

반쯤 차고
반 틈 비워진 순간
살며시 밀어
넘어뜨렸다

개미귀신
숨을 거두고
모래산이
무너진다

시간이 멈추고
위아래 없는
경건한 수평

발바닥이 그러네

비가 내렸나 보다
내려선 계단 아래
바닥이 촉촉하다

애향단 깃발 아래
아이들 몰려 지나던
그 집 앞도 그랬다

마른 칡넝쿨 반 갈라
허리춤 질끈 동여맨 싸리비로
곱게 빗은 빗살 무늬 가득한
그 집 앞길

이즈음엔
뚜껑 연 분통 같던 뽀얀 길 위에
내쇼날 뿌라스틱 물뿌리개로
은구슬 물풍선도 뿌려 놓았다고
발바닥이 전한다

뒤엉킨 정적

애야, 요놈이
'강아지풀'이란다

그럼 아빠,
이게 더 크면
'개풀'되겠네

아이를 사이에 둔
젊은 부부 사이에
뒤엉킨 정적이 흐른다

세상살이

머뭇대던 손주 녀석이
마지못해 사탕 한 알을 건넨다

입 안에 까넣는 척
주머니 안으로 밀어 넣는다
여러 날 지샌 여럿에
또 하나가 보태졌다

아직은 따끈한
사타리 새 온기로 떡져
끝내 벗기워 먹혀 보지도 못하겠지

세상살이는
별 담긴 밤하늘 같기도
새알 듬성한 팥죽 같기도
감초 걸어 낸 탕약 같기도

쓴 맛에
익숙해진 지 오래

담배 곁들여
면벽 쏘주를 마시고
쓴 웃음 뒤로하고 나선
거리엔

때이르게
쓴맛에 익숙해진
커피 전문점 젊은 그들
창가에 다닥다닥 붙어 있다

이대로 이렇게

밑창 해진 구두
먼 발치에 벗어놓고
자욱한 그늘 아래
팔다리 한껏 늘여 몸을 뉘운다

서늘한 바람
땀 찬 겨드랑이 파고들고
잎새 뚫고 지나는 흰구름 더욱 희다

이대로가 좋아

오월과 칠월 사이

입성은 얇아만 가고
나무 옷은 짙어져 간다
꽃잎이랑 떠내려간
애기 물길 걱정에
뒷산 지긋한 눈길은
듬성하니 어설픈 논바닥 넘어
먼데 여울을 따라 흐른다
웃자란 대궁이 여물어 가고
꽃진 자리엔 좁쌀만 한
속내가 벼르고 있다

새끼줄

풀어헤친 머리채 한 움큼
우악스러운 손가락 빗질 끝에
겉잎 겉껍 떨쳐 내고
삼단이 반질하다

간절한 합장 속에
함초롬한 나신 한 쌍
포개어 몸을 뉘운다

내 안에 너만이
너 안에 나만이 있어라
환희의 고통 속에 제 몸 비틀어
저 몸속으로 파고든다

꼬였다

삼투압

오르지 못할,

긴 긴
내리막길
강물이 되었다

세상살이

머뭇대던 손주 녀석이
마지못해 사탕 한 알을 건넨다

입 안에 까넣는 척
주머니 안으로 밀어 넣는다
여러 날 지샌 여럿에
또 하나가 보태졌다

아직은 따끈한
사타리 새 온기로 떡져
끝내 벗기워 먹혀 보지도 못하겠지

세상살이는
별 담긴 밤하늘 같기도
새알 듬성한 팥죽 같기도
감초 걷어 낸 탕약 같기도

쓴 맛에
익숙해진 지 오래

담배 곁들여
면벽 쏘주를 마시고
쓴 웃음 뒤로하고 나선
거리엔

때 이르게
쓴 맛에 익숙해진
커피 전문점 젊은 그대들
창가에 다닥다닥 붙어 있다

눈 나쁜 눈

안타까운 중력으로
하강의 행로에 파도가 인다

이제사 잿빛 여행의
종착에 임박한 함박눈송이
지상의 안식처를 둘러보네

나 먼저 나려와 터 잡은
옹골찬 싸락눈 아재가 반가워
힘겨웠던 여정을 포개어 뉘운다

아뿔싸
염화칼슘일 줄이야

첫눈

어쭙잖은 계절
겨울 길목의 초입에
어설프게 첫눈이 내린다

첫눈은
날리면서 녹고
닿으면서 녹고
쌓이면서 녹는다

해마다
첫눈이 내릴 땐
어쭙잖은 시절에
어설프게 갈무리되었던
첫눈이 소복하게 피어오른다

12월 1일

얼추 다 건넜나 보다
오늘 그 열두 번째 돌을 디딘다

돌아보니
물길은 사납고
징검돌들 듬성하다

난
지쳐가는데
물길은 거칠어만 간다

막 디딘
발 아래가 위태롭다

돌 등판이 얼었다

시곗바늘

동그란 담장 안
한 말뚝에 매인 야생들이여
뒤엉켜 서로를 짓밟았을 테지

높지도 않은 저 담장
쉬이 넘을 줄 알았는데
요동치면 뽑힐 줄 알았건만

아물 새 없었던 숱한 피멍 끝에
길들여진 저마다의 각 속도로
그저 맴돌고 있을 뿐이다

벤치의 휴식

그 벤치는 수리산 들머리
된 오름 끝자락에 누운 듯 앉아있다

뒤 둘러선 때죽나무는 순백의 환한
꽃 무더기로 짙은 그늘을 드리우고 있다

초여름 햇살의 오월
사월 초파일
산우의 성불사 오르는 숨소리
거칠게 지나쳐 간다

내림길에 보았다
졸고 있는 벤치 등허리에
꽃들 네댓이 내려앉아 나지막이
소곤대고 있다

가을 열차

삭발한 논바닥엔
뭉텅뭉텅 뽀삐 화장지

비탈밭 이웃한 산자락엔
쪼그려 햇볕 쬐는 묏등들

허전한 휴식의 벌판 너머엔
날개 없는 두발짐승 서식지

밀려드는
산마다 폼잰 사복으로
갈아입고 외출 나선 나무들

헐거운 부동자세 속에서
열차만이 열심이다

돌담 허물기

막돼먹은 생김새와
분별없는 덩치들로
채곡하니 쌓여 내외 짓던
외딴집 돌담을 허물었다

수북하게 내려진 돌들을
떠나 온 자리로 되돌리려
원적지 조회를 한다

모서리 앙칼진 요놈은
비탈 산밭에서 왔겠구나

뭉뚝하니 점잖은 호박돌은
요 앞 물길 바닥에서 왔겠네

틈새서 바람 잡던 조막돌들은
마당에서 놀다가 붙들려 왔을 테지

여즉

반 넘어 남아있다

재작년에 허물었는데

훈련소 인편 1

벌써 1주차 지난 2주차인 바에야 어쩌겠냐?
열심히 해야지.

사진에 서로 어깨를 기댄 동기들이
평생의 길동무가 될 수도 있단다.
대부분의 동기와는 3주 후 헤어지게 되겠지만
앞으로 3주간 더욱 살갑게 지내야 할 것이다.

군대생활이란 고작 2년하고 평생을 우려먹어도
진국을 고아내는 소중한 곰거리요 씹을 거리고
생의 최대의 추억록이기도 하단다.

엊그제 산에 내린 눈이야 볕 비치면 녹을 테지만,
(반)만년설을 이고 사는 아빠도 입대해서
신교대 훈련받을 때의 하루하루가 어제처럼
선연하게 되짚어짐은 그만큼 그때가 힘들고
낯설었고 심적으로 편치만은 않은 나날이었기
때문이었을 게다.

이렇게 사설을 늘어놓을 수 있는 것도
다 그 시절을 무사히 건너왔기 때문일 게다.

혼자이면 춥고도 힘들겠지만
옆에 같이 어깨를 기댄 동기들이 있기에
버틸 만하고 지낼 만할 것으로 믿는다.

자고 나면 오늘로 이어지는 훈련소의 이십팔 일이
입대 전 너에게 원망과 구박받던 새까만 날들만은
아닐 것으로 믿는다.

계곡 얼음장에 귀 기울여보렴
졸졸 물 흐르는 소리 들릴 게다.
아니 재깍재깍 국방부 시계 소리 들릴 게다.

그럼 이만.
23101782(애비 군번이란다)

훈련소 인편 2

아득하고 보이지도 않는
산 너머를 보려 하지 말아라.

차라리 뒤를 돌아보거라.
뒷기수 훈련병들이 25연대의
발자국을 되밟고 있을 것이다.

요 며칠 지나면 그 뒤에
꼬리가 더 길게 이어질 테고 말이다.

떨어져 있어 보니
이제야 아쉬운 것들이
하나둘씩 드러나기도 할 거다.

분대원들과 함께
언 교장을 구르다 보면
동네나 학교 친구와는 또 다른
조청같이 찐득한 묘한 사람 맛을 보기도 하겠지.

원래 사는 게 고통의 바다를 헤쳐나가는
거고, 넌 지금 그 정점을 지나고 있단다.
요 며칠만 잘 견디면 된다.

마침 추위도 정점이네.
오르막 정점을 지나면
필시 내리막이 이어질 게다.

네가 멀리하려 했던
멀리 있는 아빠가.

훈련소 인편 3

오늘, 종착역이자 환승역이
희미하게나마 시야에 들어오는
훈련소 막 주 차 첫날이구나.

무릇, 대한의 남아는 국가 부여의
두 개의 아이디를 지니게 된단다.

먼저의 하나는,
출생 시 주어지는 주민번호이고,
나중의 것은,
그 생명체의 건강한 성장을
증명하여 부여해 주는 군번이란다.

전자의 아이디도 소중하지만
후자의 아이디는 뼈를 깎는 본인의
노력을 통해서만이 주어지는 것이기에
창창한 청춘만큼이나 값진 것일 게다.

이젠 군번을 지닌 어엿한 군인으로서의
자부심을 간직하고 환승열차에 올라야 하지 않겠냐?

군 생활을 대간을 종주하는 산행에 비유하자면,
높게만 바라뵈던 첫 봉우리의 정상이 바로 지척인
지금이고 이후로는 자잘한 높낮이의 거의 평탄한
능선길을 다소 지루하게 지나게 될 것이다.

헌데, 군인의 길은 자기실현의 자발적인 여정만은
아니고 짜여진 틀 속에 몸을 맞춰 생활하는 곳이기에
나를 잊고 조직 속에 한시적으로 묻혀
지내길 바란다.

사지의 사주 같던 훈련소를 곧 떠나야 하듯이,
자대의 이십 개월도 그렇게 지나서 머잖아
너의 빈방으로 원대복귀하게 될 것이다.

그간 잘 참았다.

가장 추운 시기에

너네들 표현대로 그 '개고생'을…

말년 훈련병에게

아빠로부터